KB102429

——————————— 님의 소중한 미래를 위해
이 책을 드립니다.

행복한 기억이
그곳에 있었다

행복한 기억이
그곳에 있었다

추억이 오늘의 나를 지켜줍니다

김용일 그림과 글

메이트북스

메이트북스

우리는 책이 독자를 위한 것임을 잊지 않는다.
우리는 독자의 꿈을 사랑하고,
그 꿈이 실현될 수 있는 도구를 세상에 내놓는다.

행복한 기억이 그곳에 있었다

초판 1쇄 발행 2020년 1월 3일 **ㅣ** 초판 2쇄 발행 2020년 4월 10일 **ㅣ** **지은이** 김용일
펴낸곳 ㈜원앤원콘텐츠그룹 **ㅣ** **펴낸이** 강현규·정영훈
등록번호 제301-2006-001호 **ㅣ** **등록일자** 2013년 5월 24일
주소 04607 서울시 중구 다산로 139 랜더스빌딩 5층 **ㅣ** **전화** (02)2234-7117
팩스 (02)2234-1086 **ㅣ** **홈페이지** www.matebooks.co.kr **ㅣ** **이메일** khg0109@hanmail.net
값 16,000원 **ㅣ** ISBN 979-11-6002-267-4 03810

이 도서의 국립중앙도서관 출판시도서목록(CIP)은 e-CIP홈페이지(http://www.nl.go.kr/ecip)에서
이용하실 수 있습니다.(CIP제어번호 : CIP2019051027)

"나는 지금도 어릴 적 꿈을 꾸곤 한다.
족히 30년도 더 지난 시절의 나는
만기와 구슬치기를 하고 있다.
마당이 넓었던 용진이형네 집,
커다란 감나무가 있었던 동철이형네 집,
숨바꼭질하던 창림이네 방앗간,
용돈만 생기면 달려가던 가조상회,
어린 시절, 즐겁고 행복할 수 있었던 그곳!
집으로 가는 길… 집, 추억의 空間"

좋은 사람, 좋은 기억, 행복한 추억

좋은 사람,
좋은 기억은
행복한 추억이 되어
나와 평생을 함께한다.

누군가에게 나의 행복한 이야기를 들려줄 때
내 곁에 누가 자리하고 있는지
내가 얼마나 행복한 사람인지 깨닫게 된다.

나의 두 딸에게 아빠의 어린 시절 이야기는
그저 신기한 옛날이야기처럼 들리겠지만
아빠가 어떻게 자랐는지,
어떤 추억을 간직하고 있는지 알려주고 싶었다.

나와 비슷한 추억을 가지고 있는 누군가에게도
나의 추억거리가 신기하게 들릴 누군가에게도
나의 이야기를 그림으로 보여주고 싶었다.

누군가의 이야기에 공감하고 위로를 받는다면
고단함은 치유된다고 생각하기 때문이다.

나의 외할매 이야기에 마음 한구석이 아려왔다면
은하수가 쏟아지던 밤하늘이 보고 싶어졌다면
친구들과 만들어 먹었던 밀 껌의 맛이 궁금해졌다면
나의 이야기는 어쩌면 우리의 이야기가 되었는지도 모르겠다.

행복한 기억은 우리를 성장하게 하는 좋은 밑거름이 된다.
잠시나마 나를 행복하게 해주는
모든 것들을 생각하는 시간이 되었으면 한다.

이 책을 쓰면서
사람과 소소한 일상에 대한 고마움을 참 많이 느꼈다.
나에게 큰 버팀목이 되어주시는 부모님과 장인·장모님,
없어서는 안 될 소중한 가족들에게 감사드린다.
내 삶의 지금과 내일이 된 아내에게 감사의 말을 전하며,
사랑스러운 별희, 율희에게 아빠의 추억을 선물한다.

2장 만기네 집

3장 신작로_쌍쌍식당

4장 우리 외할매 집

고물장수 아저씨가 제일 으뜸으로 치는

구리를 모모전파사에서 내놓는 날에는

입술이 끈적거려 연신 침을 발라야 할 정도로 엿을 실컷 먹었다.

지금 생각해보면 모모전파사 아재가 구리를 내놓으신 건

엿을 싫어해서가 아니라

우리에게 엿을 주기 위함이 아니었을까 싶다.

1
장、

모
모
전
파
사。

창기네 식육식당

5일장이 열리는 마상리의 오후가 시끌벅적하다.

창기네 식육식당에는
낮부터 술을 마시는 아재들과
늦은 점심을 국밥으로 때우는 삼천포 아지매,
신선한 봄나물을 팔러 오신 할매,
식당 별미인 연탄불 고추장 구이를 먹으러 온 동네 청년들로
발 디딜 틈이 없다.

연탄불 위에 석쇠를 올리고
빨간 고추장 양념이 발린 돼지고기를 이리저리 뒤집으면
고기가 익어가는 환상적인 냄새에 한 번 놀라고,
양념이 타면서 내보내는 매캐한 연기에 눈과 코를 공격당해
또 한 번 놀라곤 했다.

우리집도 식육식당을 했고, 고추장 구이가 있었는데
창기네 식육식당에서 먹었던 고추장 구이가 훨씬 더 맛있었다.

엄마, 미안!

창기네 식육식당
2014
acrylic on canvas
65.1×90.9cm
제11회 대한민국 미술제 대상 수상

제창이네 집

'아빠'라는 친근한 호칭을
'아버지'라는 다소 거리감 느껴지는 호칭으로 바꾸게 된 건
다 제창이 때문이었다.

나는 고등학생이 다 되어갈 때까지 아빠라는 호칭을 사용했고,
제창이는 그런 나에게 아기처럼 아빠가 뭐냐고 놀리기를 밥 먹듯 했다.
아니, 밥 먹는 횟수보다 더 한 듯싶다.

10년이 넘도록
"아빠"라고 불렀던 자연스런 내 습관을
한순간에 억지로 바꿔야 한다고 생각하니
친구가 아니라 원수다.
어쨌든 놀림감이 되는 게 싫어서
그때부터 내 입으로 '아빠'라는 단어를 내뱉은 적은 단 한 번도 없었다.

그리고 며칠 후
엄마 심부름을 가다가 제창이네 집 앞을 지나가는데
"아빠" 하는 제창이의 목소리가 내 귓전을 때렸고,
범인을 잡은 형사처럼 내 입가엔 엷은 미소가 번졌다.
잡았다, 요놈!

제창이네 집, 2019, acrylic on canvas, 90.9×60.6cm

신작로_서부정류장

대구에 사는 큰집 사촌들을 마중 나가는 곳.
읍내로 장 보러 가신 엄마를 기다리는 곳.
어린이날 용인자연농원에 데려다줄 버스를 기다리는 곳.
5일장에 오셨다가 집으로 가시는 외할머니 배웅해드리던 곳.
새로운 얼굴들을 제일 많이 볼 수 있었던 곳.
온갖 보따리들이 다 모이던 곳.

우리 동네 핫플레이스 서부정류장.

신작로_서부정류장, 2017, acrylic on canvas, 162.2×130.3cm

숭산댁네, 2019, charcoal and acrylic on canvas, 72.7×60.6cm

숭산댁네

재 너머 숭산에서 시집온 숭산댁 아지매는

초승달처럼 참하고 예뻤다.

숙이네 뒤안

어릴 땐 집집의 작은 앞마당이나 뒷마당이
우리에게 디즈니랜드가 되어주었다.
한겨울의 칼바람을 막아주는 든든한 담벼락 밑은
그림딱지 놀이를 하기에 안성맞춤이었다.
자치기, 구슬치기, 딱지치기, 고무줄놀이…
뒤안에선 친구들 노는 소리가 들린다.

숙이네 뒤안
2018
acrylic on canvas
55×116.8cm

23

미근 이모네

"용일아! 너거 엄마가 찾더라."
앞집 혜영이가 멀리서 말을 건넨다.
"와 찾는데?"
"내가 우째 아노! 미근 이모네 집에 가봐라."
혜영이는 입가에 알 수 없는 미소를 머금고 시야에서 사라진다.

"이모! 우리 엄마 여기 있어요? 저 찾는다캐서 왔는데요."
문을 열고 들어가니 동네 아이들 몇몇이 앉아 있었고
알코올 냄새가 집안 가득했다.
'올 것이 왔구나, 예방주사다!'
뒤돌아서서 냅다 도망치려는 순간, 동네 아지매가 대문을 닫아버린다.
빠르다.
우사인 볼트도 울고 가겠네.

시골에는 마땅한 병원이 없었다.
그래서 보건소에 다니던 엄마친구 미근 이모가
예방주사를 놔주곤 했었다.
그 덕에 우리는 뇌염모기 걱정 없이 건강한 여름을 날 수 있었다.

미근 이모네
2019
acrylic on canvas
53×72.7cm

용범이네 집

용범이네 뒷마당으로 나가면 아카시아 나무가 빼곡한
작은 언덕이 있었다.

"배성아, 톱 갖고 왔나?"
"어. 너는 낫 갖고 왔나?"
"나는 노끈이랑 딱지 갖고 왔다." 용범이가 말했다.

톱으로 아카시아 나무를 자르고, 낫으로 잔가지를 제거한 다음
노끈으로 나무를 얼기설기 엮으면 비밀스런
우리들만의 아지트가 만들어진다.
아카시아 아지트에선 놀이가 한창이다.
어떤 날에는 과자파티를 하고,
또 어떤 날엔 총 만들기를 하기도 했었다.
그럼 딱지치기를 하는 날도 있었는데 배성이가 딱지를
제일 많이 땄던 날에
영필이가 울먹이며 집으로 갔던 기억이 난다.

용범이네 집
2016
acrylic on canvas
45.5×53cm

현일이네 집

현일이 아버지는 시골 장터에서 약장수를 하셨고
그 집에는 원숭이를 키웠다.

약 판매율을 높이는 데는
똬리를 멋지게 트는 뱀이나
끼 많은 원숭이만 한 게 없으니까 말이다.

현일이가 원숭이를 키운다는 이유로
우리는 현일이에게 '원시'라는 별명을 붙여주고는
주구장창 이름 대신 '원시'를 불러댔다.
물론 현일이의 의사는 중요치 않았다.

어느 날
경숙이가 현일이네로 전화를 했다.
"아지매, 저 경숙인데요. 원시 있어요?"
"아… 원시? 며칠 전에 우리 원시 팔았는데…."

아지매가 팔았다는 원시와
경숙이가 찾던 원시가 달라서 참말 다행이다.

현일이네 집
2018
charcoal and acrylic on canvas
162.2×97cm

병렬이네 사랑방

"학교 끝나고 디리*(과자파티) 할 사람은 병렬이 사랑방으로 모이라."
파티에 갈 참가비가 필요한 순간이다.

"아부지! 디리 하러 가야 되는데 백원만 주이소."
"아부지 돈 없다. 엄마한테 조라케라."

엄마한테 백원을 받아 가조상회에서 달콤 짭조름한 과자를 사들고
병렬이네 사랑방으로 간다.

병렬이, 원규, 은주, 소정이, 순득이가 와있다.
"호우는 와 안 왔노?"
"호우 엄마가 돈 없어서 과자 못 사준다고 가지 마라켔다 카더라."
"과자 없어도 그냥 오면 될긴데…"

'호우야, 과자 없어도 되니까 다음에는 그냥 와서 재미있게 놀자.'

*디리: '디리'의 정확한 표준어는 모르겠지만 과자나 여러 가지 먹거리를 준비해서
 함께 모여 먹고 즐기던 놀이였다.

병렬이네 사랑방
2017
oil on canvas
60.6×72.7cm

결화네 집

결화의 아버지는 파마머리에 커다란 금테 안경을 쓰셨고
시골에서 '전 선생님'이라고 불릴 정도의 신지식인이셨다.

신지식인 '전 선생님'이 계셨다면
비지식인 '김용일'도 있었다.
말을 예쁘게 한다는 게 나에게 쉬운 일이 아니었던 시절.
한창 예쁠 다섯 살 나이에 욕을 마스터했다고 말하면
이해가 쉬울 것이다.

전 선생님에게 주사를 맞을 일이 간혹 있었는데
신지식인이 놓아주는 주사라고 안 아플 리 없고
주사를 맞으면 아픈 게 화가 나서
"주사장사 개새끼"라고 욕설을 퍼부었다.

오죽하면 우리 엄마가 귀한 아들을 나무에 묶어놓으셨을까.

전 선생님, 죄송했습니다.
저 이제는 예쁘게 말할 수 있습니다.
"미안하지만, 안 아프게 놓아주세요."
"따끔하지만 참을 수 있어요."

결화네 집
2015
acrylic on canvas
37.9×37.9cm

민성이네 집
2019
charcoal and acrylic on canvas
60.6×60.6cm

진규형네 집Ⅱ
2019
acrylic on canvas
60.6×60.6cm

희영이네 집
2019
charcoal and acrylic on canvas
45×45cm

호우네 사랑방

호우야,

그때 사랑방에서 뺨 때린 거 미안하다.

잠든 사이 내 다리털을 뽑은 사람이 너인 줄 알았다.

따끔해서 일어난 내 눈에 제일 먼저 들어온 사람이 호우 너였고,

배꼽 잡고 웃고 있는 동철이 형을 발견하고서야

누명 쓴 너의 억울한 표정이 보였다.

또 한 번 사과한다.

sorry!

동네 친구들의 소통 장소가 되어주었던 사랑방엔

뺨 맞은 호우의 고통만이 가득했다.

호우네 사랑방, 2018, acrylic on canvas, 72.7×53cm

창우네 집

창우,
덩치 크고
키도 크고
항상 나를 보호해줬던 내 친구.

일찍 결혼했다고
아이도 태어났다고
행복하게 살고 있다고 했던 내 친구.

인사도 없이
교통사고로 떠나버린
보고 싶어도 볼 수 없는 내 친구.

익숙해지지도
덤덤해지지도 않는 이별.

창우네 집, 2019, charcoal and acrylic on canvas, 72.7×53cm

동희네 집

고향에 내려갈 때면 아내와 아이들은
시골의 모든 곳, 모든 것을 사진으로 남기는 것을 좋아한다.
어린 시절 동네 빨래터에서 다슬기를 잡으며 사진을 찍기도 하고,
서울에도 있을 법한 꽃마저도 신기해하며 카메라에 담는다.
8~9월의 논은 싱그러운 초록이라 무조건 담아야 한다고 한 컷,
10월의 노랗게 익은 벼는 얼굴을 더욱 돋보이게 할 것 같다고 또 한 컷.

벼가 물들어가는 모습을 신기해하는 아이들에게
아빠의 어릴 적 이야기를 꺼내줘본다.

벼를 다 베고 난 동희네 집 앞 논에 볏 짚단이 가득 쌓여 있다.
짚단은 내년 봄 농사를 위한 거름으로 쓰이거나 소여물로 사용된다.
그러나 그렇게만 사용하게 두지 않을 나와 친구들은
짚단을 눈썰매 삼아 논바닥을 미끄러지듯이 내려오기도 하고,
짚단을 파내서 굴을 만들기도 했다.
3~4명이 들어갈 수 있도록 만들어놓은 굴은 사랑방이 되었다.
고만리 들에 부는 바람은 차갑지만
볏 짚단 속은 엄마의 품처럼 따뜻했었다.

볏 짚단 주인이 알면 큰일 날 우리들의 사랑방 이야기는
지금 내 아이들과의 또 다른 추억거리를 만들어준다.

동희네 집, 2019, acrylic on canvas, 116.8×91cm

우리 할매 집

어릴 적 할매 집 근처에 조그만 과수원이 있었다.
과수원에는 사과나무, 배나무, 자두나무가 있었고
콩을 심기도 했고, 여름엔 딸기도 심었다.
과수원 가운데 커다란 돌무더기 위에는 작은 원두막이 있었는데
할매는 여름부터 가을까지 그곳에서 지내셨다.
하교 후 가방은 대충 던져 놓고 할매가 있는 원두막으로 달려가면
"우리 새끼 왔나" 반겨주시며 잘 익은 딸기를 내주셨다.
딸기를 배불리 먹고 할매 다리를 베고 누우면
살짝 열어놓은 작은 창문으로
들어오는 바람은 내 코끝을 간질이고 할매 부채질은
내 눈을 감게 했다.

시멘트 블록에 슬레이트 지붕을 얹은 허술한 원두막이었지만
모든 것이 완벽한 날이었다.

우리 할매 집

2016
oil on canvas
130.3×162.2cm

안금 뒷산

2017
acrylic on canvas
60.6×90.9cm

안금 뒷산

잔디가 파릇파릇 돋아나고
열심히 자기 색을 드러내는 진달래가 피면
안금 뒷산으로 봄 소풍을 간다.

과자 한주먹 집어 먹고 사이다로 막힌 목을 달래고,
간혹 옆구리가 터져 있는 너덜너덜한 김밥도 먹고 나면
잔디밭에 모여 앉아 수건돌리기 게임을 한다.
예나 지금이나 등 뒤에 수건감지센서가 있어야 유리한 게임.

분위기가 무르익을 때 즈음
소풍의 하이라이트 장기자랑이 시작된다.

병학이의 '오동잎',
경례의 '나나나',
미숙이의 '마음 약해서'가 안금 뒷산을 들었다 놨다 한다.

달호형네 집

최달호라는 형은 중학생이었고, 야한 이야기도 자주 해주었다.

그래봐야 "아기가 어떻게 생기는지 아냐?"

"여자랑 손은 잡아봤냐?" "뽀뽀는 해봤냐?"

그 정도 이야기가 다였지만

내 수위에서 그 이야기들은 고개도 들지 못할 만큼의 야한 이야기였다.

어느 날 달호형이 말했다.

"창림이네 방앗간 나무 밑으로 8시까지 모이라. 재밌는 구경시켜주께."

나는 '미루나무에 붙은 하늘소를 잡을라는갑다' 생각했다.

"손전등 있는 사람?"

용진이형이 손을 들었다.

"오케이~ 용진이는 손전등 갖고 와라."

친구들과 모여 달호형네 근처 개울가로 갔다.

"지금부터 조용히 해야 된데이. 내가 손전등 비추는 데 잘 보고."

손전등을 비추자 목욕을 하던 아지매들이 놀라서 소리를 지르기 시작했다.

"후레쉬 비추는 놈 누고?"

달호형이 재미있다는 듯 소리를 질렀다.

"다 보인다이~ 너 달호 맞제? 이노무시키 니 목소리 다 안데이!"

"나 달 호 아 닌 데 에."

그날, 내가 본 아지매들의 등판은 한 개도 재미가 없었다.

달호형네 집, 2019, charcoal and acrylic on canvas, 72.7×60.6cm

동례마을

야트막한 야산에 자리한 동례마을의 뒤편으로는 대나무 숲이 있고
앞쪽에는 커다란 시냇물이 흐른다.

동네 아이들은 숲에서 대나무를 베어 낚싯대를 만들고
앞 냇가에 가서 피라미를 잡는다.

'어'씨 성을 가진 사람이 많이 살아서 그런지
동례리 아이들은 고기를 기막히게 잘 낚는다.

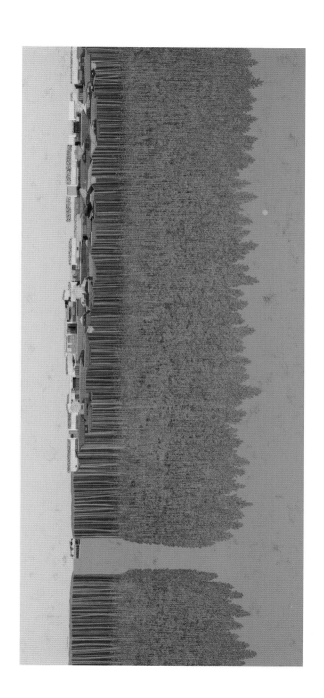

동래마을, 2019, acrylic on canvas, 80×180cm

강진이네 집

학교가 끝나기가 무섭게 가방은 마루에 휙 집어 던지고
강진이네 집으로 달려간다.
외화 시리즈 '타잔'은 강진이네서만 볼 수 있었기 때문이다.
그러나 인생이란 뭐든 쉽게 얻어지는 법이 없다.
강진이네 대문을 통과하기 위해서는 패스카드가 필요했다.

"강진아 놀자~"
여유 있는 발걸음으로 대문 앞에 나온 강진이는 문을 빼꼼히 열어
우리를 위 아래로 훑어본다.
제균이 손에는 새우깡이, 내 손은 빈 손.
"제균이는 들어오고 용일이 너는 가라."
'에이, 치사한 놈.'
얼른 과자를 사서 다시 강진이네로 간다.
"용일이 패스! 빨리 들어와라. 타잔 같이 보자."

패스카드 이야기를 들은 나의 아내는 강진이가 치사하다고 말하지만,
나에게는 두고두고 기억될 아름다운 추억이다.

강진이네 집
2017
acrylic on canvas
72.7×90.9cm

모모전파사

어릴 적엔 고물장수 아저씨에게 고물을 가져가면
하얀 엿을 내어주셨다.
책, 찌그러진 냄비, 비료포대, 고철,
돈이 될 만한 물건은 모두 받으셨다.

집에 있는 교과서를 팔자니 다음날 선생님께 혼날 생각에 아찔하고,
엄마가 식당에서 쓰는 냄비를 팔자니 내 양심이 걸리고,
그렇다고 없는 비료포대를 만들어서 팔 수도 없는 노릇이었다.
떡하니 내 앞에 놓인 엿을 눈으로만 먹어야 하는
고통은 이루 말할 수 없다.

그러나 엿을 먹겠다는 의지는 나를 배신하지 않았다.
나의 구세주가 되어준 '모모전파사'.

고물장수 아저씨가 제일 으뜸으로 치는
구리를 모모전파사에서 내놓는 날에는
입술이 끈적거려 연신 침을 발라야 할 정도로 엿을 실컷 먹었다.

지금 생각해보면 모모전파사 아재가 구리를 내놓으신 건
엿을 싫어해서가 아니라 우리에게 엿을 주기 위함이 아니었을까 싶다.
엿만큼이나 끈끈한 아재의 사랑이다.

모모전파사
2017
oil on canvas
97×162.2cm

동봉이네 집

한 여름날의 뜨겁던 열기가 가라앉고
회색빛 모깃불 연기가 피어오르는 저녁이 되면
동봉이네 마당 가운데 있는 평상에 놀러가곤 했다.

동봉이 엄마가 맛있게 차려주신 저녁밥과
우물물에 띄워놓았던 수박까지 먹고 나면 스르르 눈이 감긴다.

평상에 누워 졸린 눈으로 올려다본 밤하늘엔 은하수가 쏟아진다.

동봉이네 집, 2019, charcoal and acrylic on canvas, 53×45cm

수월리 방앗간
2018
acrylic on canvas
45×45cm

강영감네
2018
acrylic on canvas
45×45cm

비가 오거나 추운 날에는 만기네 담배 창고에 모여

딱지치기, 구슬치기를 하고 심지어 축구도 했었다.

우리에게 담배 창고는 서울의 실내체육관이

부럽지 않을 만큼 훌륭했다.

흙바닥으로 된 창고에서 온몸으로 부딪히며 축구를 하다 보면

해가 넘어가는 줄도 모른다.

2장,

만기네 집.

율리

5월의 밤에 아카시아향이 그윽해지면
마을 뒷산에서 만나자.

아카시아꽃처럼 하얀 너에게
싱그러움을 선물할게.

별거 아니게 보이던 불빛도 너와 함께라면
마음에 담아두고 싶은 따뜻한 추억이 될 거야.

함께하고 싶은 이 계절에
내가 좋아하는 너와 나란히 손잡고
이곳에 머무르면 내가 많이 행복할 것 같아.

율리
2018
charcoal and acrylic on canvas
80×180cm

만기네 집

만기네는 담배 농사를 지어서 높고 커다란 창고가 있었다.
비가 오거나 추운 날에는 만기네 담배 창고에 모여
딱지치기, 구슬치기를 하고 심지어 축구도 했었다.
우리에게 담배 창고는 서울의 실내체육관이
부럽지 않을 만큼 훌륭했다.
흙바닥으로 된 창고에서 온몸으로 부딪히며 축구를 하다 보면
해가 넘어가는 줄도 모른다.
만기 아버지가 오셔서 "야 이놈들아! 인자 고만 놀고 집에
밥 묵으러 가라" 호통을 치시면
우리들의 놀이는 그제서야 마침표를 찍는다.

만기네 집
2014
acrylic on canvas
64×64cm

종재네 집

"종재 가스나야, 어데 가노?"
"머시마야! 내가 어데 가든지 말든지!"
종재는 말이 끝나기가 무섭게 쭉 뻗은 예쁜 다리로
친구 궁디를 걷어찬다.
평소라면 말도 예쁘게 했을 종재인데 사내놈들 놀리는 거에
진절머리가 났나보다.

세상에는 예쁜 것들이 많지만,
어릴 때 우리가 본 종재의 말투와 몸매는 정말 인정!
세상에는 억울한 일이 많지만,
그중 제일 억울한 사람은 예쁘게 태어난 남자 신종재!
세상에는 신기한 일이 많지만,
보고도 믿겨지지 않는 종재의 떡 벌어진 어깨, 거친 말투!

와~ 신종재!
#상남자#미친 어깨#남자답게 잘 컸다#놀려서 미안

종재네 집
2016
charcoal and acrylic on canvas
45.5x53cm

용당소 자전거빵
2015
oil on canvas
60.6×72.7cm

용당소 자전거빵

나는 초등학교 5학년 때 자전거를 배웠다.
학교가 끝나고 해질 무렵이 되면
아이들이 하나둘씩 모여 자전거를 배우기 시작한다.
다리가 닿지 않는 우리들은 자전거 프레임 사이로 다리를 넣어
페달을 밟는다.
그러면 형들이나 누나들이 뒤 안장 부분을 잡아주곤 했다.
몇 미터 가지도 못하고 넘어지기를 반복하다 보면
자전거 체인은 벗겨지고 손바닥도 성치가 않다.
자전거 체인이 벗겨지면
용당소 아재가 운영하는 자전거빵으로 달려간다.

"아재, 체인 벗겨졌는데요. 도저히 못 고치겠어요."
"요새 자전거 배우는갑네? 조심해서 잘 타라이."

험상궂은 얼굴로 부드러운 말 한마디 건네주시던 아재,
거칠고 투박한 손으로 어깨를 토닥여주시던 아재,
그런 용당소 아재가 참 좋았다.

오늘,
아재의 기름 냄새가 그립다.

용진이형네 집

여름 장맛비가 지나간 자리에 물웅덩이가 생겼다.

용진이형네 마당에 모이자고 약속을 한 적도 없는데
제균, 만기, 중현이, 광진이, 동철이, 윤성이 형까지 다 모여 있다.

"지금부터 댐이랑 강을 만들자!"

신고 있던 고무신 앞코를 누르면 덤프트럭이 되어 흙을 담아 실어나른다.
주워온 나뭇가지는 굴삭기가 되어
웅덩이와 웅덩이를 연결해 강줄기를 완성시킨다.
한나절 땀을 흘리며 토목공사를 하면 마당은
금세 아름다운 풍경이 만들어져 있다.

무심한 하늘이 갑자기 소나기를 쏟아낸다.
비를 피하기 위해 처마 밑으로 달려간다.
"우짜노! 이때까지 만들어놓은 거 다 허빵이다."
"개안타, 비 그치고 나서 또 만들면 된다 아이가~"

오후 내내 공들여 만든 작품은 한줄기 소나기의 방해로 망가졌지만
우리들의 머릿속에는 벌써 또 다른 풍경이 펼쳐지고 있다.

용진이형네 집
2014
acrylic on canvas
64×64cm

신작로_삼홍소리사

'지직~ 지직지직~'

"아부지~ 테레비 안 나오는데요."

"안테나 돌리봐라."

"그래도 안 나오는데요."

"삼홍소리사 아재 불러라."

그 시절,
못 고치는 가전제품이 없는 삼홍소리사 아재는
우리 동네 맥가이버였다.

신작로_삼흥소리사, 2017, acrylic on canvas, 162.2×130.3cm

천일상회

김밥+사이다는

소풍날 흔한 도시락 패키지.

바나나는 어쩌다 들어 있는
귀한 아이템.

도시락에 바나나가 보이면
우리 엄마가 천일상회에 다녀온 날.

천일상회
2017
acrylic on canvas
55×116.8cm

경숙이와 재명이네 집

'땡땡땡~'

"수업 끝났다. 집에 가자."
재명이는 경숙이에게 집에 바래다주겠다며 앞장선다.
경숙이는 거들떠보지도 않고 잰걸음으로 학교를 빠져나간다.
둘은 멀찌감치 떨어져 걸어간다.

"이제 고만 따라댕기라, 재명아."
경숙이가 재명이의 가슴에 스크래치를 낸다.
보고 있는 친구들도 재명이만큼 안타깝다.

짝사랑은 괜찮다고 말해도, 괜찮지 않은 사랑이 확실하다.

오랜만에 나간 동창회에서
재명이에게 짝사랑의 아픔은 잊고 참사랑을 만났는지 물었다.

"경숙이랑 결혼해서 애 둘 낳고 잘 산다 아이가~"

이런 결말의 짝사랑은 해볼 만하다!
"재명아, 이제는 네 거 된 영원한 연인 경숙이랑 오래오래 행복해라!"

경숙이와 재명이네 집
2017
oil on canvas
45×45cm

명자네 집

어릴 적 살던 시골에는 해가 지면 정적만이 가득했다.
가로등도 없는 깜깜한 여름밤,
보름달이 뜨면 온 동네가 환해지는 느낌이었다.
손전등 하나씩 손에 쥐고 동네 어귀에 있는
커다란 미루나무 아래로 친구들이 모였다.
사슴벌레나 하늘소를 잡기 위해
손전등을 이리저리 비추다가 올려다본 달은
보석같이 빛났다.

명자네 집
2019
charcoal and acrylic on canvas
45×45cm

인범이네 집

인범이네 동네 뒷산에는 뽕나무 밭이 있어 오디가 많이 열린다.
6월이 되면 오디가 까맣게 익어 빛을 발하는 순간이다.

찌그러진 노란 주전자 하나씩 들고 뽕나무 밭에 들어서면
주인에게 들키지 않으려고 소리 없이 각자 흩어져 오디를 딴다.

따는 족족 입속으로 직행인 '배 채우기형'.
입 주변과 손에 오디를 잔뜩 칠해
마치 오디를 많이 따서 먹은 듯 연출하는 '허풍형'.
손이 빨라 먹기도 채우기도 잘 하는 '알뜰형'.
오디를 따서 먹지는 않고 채우기만 하는 '자린고비형'.

각자의 스타일로 오디를 따다 주인이 나타나면
주전자 뚜껑이 날아가는지도 모르고 미친 듯이 도망을 간다.

보랏빛 우스꽝스런 입은
좋은 날 행복했다는 우리들의 증거이다.

인범이네 집
2017
acrylic on canvas
53×45.5cm

도생이네 집
2015
acrylic on canvas
37.9×37.9cm

광진이네 집
2015
acrylic on canvas
37.9×37.9cm

남도네 집

"오늘은 점심시간 끝나고 남도네 논에 모내기 하러 간다."
"와~ 신난다! 수업 안 한다!"
공부만 아니면 뭐든 신났던 때다.

동네 어르신이 모내기 시범을 보여주신다.
모를 4~5개 정도로 뗀 후 엄지, 검지, 중지 세 손가락으로 가볍게 잡고
땅속에 그대로 꽂아주면 된다.
어른 두 명이 양쪽으로 모 줄을 잡고, 한 줄 한 줄 넘어가는 방식이다.
호흡을 같이 맞춰야 했고, 속도가 빨랐기 때문에
정신이 하나도 없었다.

손톱 밑에 흙 때가 끼고 손이 부르트고 허리가 아플 때 즈음
남도가 소리를 지른다.
"용일아! 니 다리에 거머리 붙었다. 푸하하하~"
다리를 내려다보니 시커먼 거머리가 피를 맛있게 먹고 있었다.
현기증이 나 쓰러질 것 같았다.
"으악~ 뭔데 내 피 다 빨아묵노!"
옆에 있던 동네 아재가 거머리를 떼어주시며 한마디 하신다.
"오늘 거머리한테 헌혈했으니까 새참은 니가 제일 마니 무라~!"

남도네 집
2018
acrylic on canvas
45×45cm

문호네 집

중요한 것만 콕콕 집어 가르쳐 준다는 족집게 강사.
개념 정리, 풍부한 해설, 깔끔한 강의를 한다는 스타강사.

내게도 그런 강사가 있었다.

문호 엄마의 욕 실력은 단 한 번도 내 기대를 저버리지 않았었고,
아지매의 입이 떨어지면 어떤 것도 놓치고 싶지 않아
집중력을 발휘했었다.
그때의 욕쟁이 김용일은 문호 엄마가 만들어주었다고 해도
과언이 아니다.
우리집과 같은 업종의 식당을 하는 경쟁업체임에도 불구하고
나는 문호 엄마가 그렇게 좋을 수가 없었다.

영원한 나의 스타강사!

문호네 집
2015
oil on canvas
53×45.5cm

성진이네 집

성진이는 술도가(양조장) 옆에 살았다.
학교가 끝나면 성진이와 신나게 놀다가
4~5시 즈음 양조장으로 달려간다.
막걸리를 만들기 위한 고두밥이 나오는 시간이기 때문이다.

우리는 정자나무 아래에서 양조장 아재를 부른다.
"아재! 아~재! 고두밥 좀 주이소~"
"아이고 요놈들 또 왔네" 하시며
고두밥 한 덩이씩을 담 너머로 던져주신다.
배가 고픈 줄도 모르고 뛰어놀다 먹는 고두밥 한 덩이는
처음 먹어봤던 바나나만큼이나 달콤한 최고의 간식이었다.

"아재, 고맙습니데이~!"

성진이네 집
2014
charcoal and acrylic on canvas
64×64cm

희수형네 집

정숙임 선생님은 초등학교 3학년 때 담임선생님이시다.
희수형네 집에서 하숙을 하셨는데 가끔씩 아이들을 초대해서
맛있는 음식을 해주시거나 공부를 봐주시곤 했다.
공부를 하다 선생님이 잠시 자리를 비우기라도 하면
우리는 그새를 못 참고 '이때다' 하며 장난을 치기 일쑤였다.

대성양복점 병렬이, 삼성전기 은아, 일광전기 지혜, 현대식당 나.
공부보다는 놀 생각만 하고 있던 우리는
그날 역시 선생님이 안 계신 틈을 타
태권도를 한답시고 발차기를 하다가
뜨거운 보일러 통을 터뜨리는 사고를 쳤다.
정신없이 방바닥을 닦고 있는데
스스륵 문이 열리더니 군복을 입은 아저씨가 들어왔다.

"누구세요? 선생님 잠깐 나가셨는데요."
잠시 머뭇거리던 아저씨는 놀란 우리를 안심시키려는 듯 말했다.
"나 공군아저씨야. 선생님 동생."
모두가 정지 상태로 어색하게 서있었다.
때마침 선생님이 들어오셨고 현재 공군에 근무하고 있는
동생이라고 소개를 시켜주셨다.

희수형네 집
2019
acrylic on canvas
65.1×90.9cm

선생님에게 저런 멋진 남동생이 있을 거라고는
상상도 못해본 일이라 자꾸만 눈이 갔었다.

그 후에도 선생님 댁에 갈 때면
공군아저씨는 잘 계시냐고 안부를 묻곤 했었는데,
세상에 나중에 알고 보니 공군아저씨는 선생님의 남자친구였단다.
선생님이 쑥스러우실 땐 남자친구가 동생이 되기도 하나보다.

"선생님, 지금도 공군아저씨랑 행복하시죠? 보고 싶습니다!"

평지마
2019
charcoal and acrylic on canvas
90.9×72.7cm

순민이네 집, 2018, acrylic on canvas, 72.7×53cm

순민이네 집

순민이 주의사항.

말이 없던 순민이는 피곤할 정도로 말이 많아졌습니다.
피할 수 있으면 피하시고, 피할 수 없으면 즐기십시오.

구야네 뒤안

동네에서 아이들이 노는 곳은 정해져 있고,
노는 곳에 따라 하는 놀이도 정해져 있다.

숨을 곳이 많은 만기네 광에서는 숨바꼭질,
마당이 넓은 용진이형네서는 구슬치기나 손 야구,
높은 담벼락이 있는 숙이네 뒤안에서는 딱지치기,
좁고 긴 마당이 있는 구야네 뒤안에서는 자치기.

'도둑 자치기'가 시작되었다.

긴 막대기로 짧은 막대기를 퍼 올려서 최대한 멀리 보내야 하고,
작은 막대기를 손으로 받으면 들고 도망을 간다.
작은 막대기를 뺏기지 않기 위해 상현이형이 안간힘을 쓴다.
막대기를 잡은 형은 한 시간이 지나도 나타나지 않는다.

"만기야, 상현이형은 어데로 사라졌노?"
"상현이형은 저거 아부지한테 붙잡혀서 과수원에서 일하고 있는갑다."

요즘 아이들은 학원 때문에 마음대로 놀지 못하지만
그때 아이들은 농사일 때문에 마음대로 놀지 못했다.

구야네 뤼인, 2018, acrylic on canvas, 80×160cm

자하마을

조명등을 비추자 파란 눈이 깜박거린다.
아버지는 조명등을 비추고,
아재는 개 두 마리를 산비탈 위에서 아래쪽으로 데려간다.
숨이 멎는 듯하다.
토끼인지 노루인지 모르겠지만 몇 초 뒤에 닥칠 자신의 운명을
전혀 눈치채지 못하고 큰 눈만 깜박인다.

아재가 개 목줄을 푼다.
쫓는 자와 쫓기는 자의 사투가 벌어지고
고요하던 숲속은 어느새 아수라장이 된다.

이곳이 아프리카의 세렝게티인지 자하마을인지
착각이 들 정도로 긴장감이 넘친다.

잠시 후 숲은 다시 고요해지고
'찍찍' 토끼의 신음소리와 함께 사냥개가 주인을 부른다.

'TV 동물의 왕국'에서만 보던 사냥 장면을 눈앞에서 목격한 나는,
어른이 된 지금도 그때의 장면을 잊을 수가 없고,
아버지의 뒷모습은 너무나도 위대해 보였다.

자하마을
2019
acrylic on canvas
65.1×90.9cm

동덕이형네 집

동덕이형네 집은 우시장 언저리에 있다.
우시장 바닥에는
정신없는 아재가 흘린 동전과
얼큰하게 취한 아재가 흘려준 동전이
반짝반짝 빛을 내며 나를 기다리고 있다.

동전을 주우러 왔다는 걸 전혀 눈치채지 못하게
행동하는 것이 포인트다.

고개는 절대 숙여서는 안 되고 시선을 멀리 바라보되
눈동자는 바닥을 향해 있어야 한다.
반짝거리는 목표물을 발견하면
일반 걸음걸이와 경보의 중간 단계 속도로 걷는다.
목표물에 다가갔을 때 반가운 동전이면
떨어진 내 돈을 줍는 것마냥 자연스럽게 주머니에 넣으면 되고,
과자 하나 못 사먹을 병뚜껑이면 냅다 발로 차버리면 그만이다.

시력 좋은 놈, 달리기 빠른 놈, 순발력 좋은 놈 주머니가 묵직해진다.
놈놈놈 중에 주머니가 가장 묵직한 놈은 '운 좋은 놈'.

동덕이형네 집, 2019, charcoal and acrylic on canvas, 162.2×130.3cm

재영이네 집

시원한 그늘을 만들어주던 너희 집 감나무,
무지개처럼 예뻤던 색동이불,
'아이스샘물사카린'을 만들어주시던
너희 어머니표 음료수가 생각날 때면
네 소식이 궁금해진다!

입이 크고 잘 웃던 노재영!
읍내로 전학 갔던 노재영!

혹시나 너도 내가 궁금해지면 꼭 연락해주길 바라본다.

재영이네 집, 2018, acrylic on canvas, 162.2×130.3cm

큰이모네

123층을 2분 만에 올라간다는 국내 최대 높이
'롯데타워'가 생기기 전,
서울을 대표하는 초고층빌딩 '63빌딩'이 있었다.

1985년 '63빌딩'이 완공되던 해에
서울에 사시는 이모 덕에 처음으로 서울 구경을 했고,
63빌딩을 실물로 영접할 수 있는 기회도 얻었다.

나를 놀라게 하는 것은 그뿐만이 아니었다.
시골에서는 구경도 할 수 없는 커다란 백화점도 신기했고,
층과 층을 연결해주는 '움직이는 계단' 에스컬레이터는
충격적이기까지 했다.
금방이라도 토가 나올 듯한 어지러운 느낌,
아마 알라딘이 양탄자를 처음 탔을 때의 기분이
나와 같지 않았을까 싶다.

서울에 놀러온 조카에게 기념이 될 만한
선물을 사주고 싶으셨던 이모는
마음에 드는 물건을 골라보라며 한참을 데리고 다니셨다.

큰이모네, 2018, acrylic on canvas, 72.7×53cm

실은 축구화가 너무 갖고 싶었지만 비싼 가격에 선뜻
고르지 못하고 있었다.
눈치 없는 사촌누나는 그런 나에게 자물쇠 달린
다이어리를 추천해주었고,
나는 마지못해 다이어리를 들고 집에 가야만 했다.

말이 통하지 않는 6살짜리 꼬마였다면 어떻게든
축구화를 얻어냈겠지만
이모의 지갑 사정을 생각하는 속 깊은 16세라 다행이다 생각하며
내 자신을 칭찬했다.

우리 집에 내려가서
내가 정말 사고 싶었던 건 축구화였다는 비밀을 써놓고
아무도 보지 못하게 자물쇠를 걸어놓았다.

도리
2019
charcoal and acrylic on canvas
80.3×116.8cm

영환이네 집Ⅱ
2019
charcoal and acrylic on canvas
65.1×90.9cm

배성이네 집
2019
charcoal and acrylic on canvas
53×45cm

장이 파할 때쯤 쌍쌍식당은 시끌벅적이다.

장사가 잘됐다고 기분 좋아 한 잔,

장사 공쳤다고 한 잔,

오랜만에 친구 만났다고 한 잔,

뉘 집 소가 송아지 낳았다고 한 잔,

객지로 돈 벌러 간 아들 딸 자랑에 한 잔.

3장、

신작로ー쌍쌍식당。

신작로-쌍쌍식당

면 소재지에 살았던 나는 5일장이 서는 걸 좋아했다.
그중 제일 재미있는 구경거리는 약장수 아저씨의 '쇼'였다.
아이들이 하나둘씩 모이기 시작하면 쇼가 시작된다.
아저씨의 레이더망에 걸린 놈은 쇼에서 도우미 역할을 하게 된다.
도우미의 입에 뭔지도 모를 약을 넣으면
이내 엉덩이에서 기생충이 나오는
이 세상 어디에도 없을 것 같은 쇼가 펼쳐지곤 했다.
그 쇼는 아직도 풀리지 않는 미스터리로 남아 있다.

장이 파할 때쯤 쌍쌍식당은 시끌벅적이다.
장사가 잘됐다고 기분 좋아 한 잔,
장사 공쳤다고 한 잔,
오랜만에 친구 만났다고 한 잔,
뉘 집 소가 송아지 낳았다고 한 잔,
객지로 돈 벌러 간 아들 딸 자랑에 한 잔.

집집마다 불이 켜지기 시작하면 젓가락 두드리는 소리와 함께
"홍도야 우지마라~ 오빠~가 있~다~"
하루의 고단함이 묻어나는 노랫소리가 동네에 울려 퍼진다.

신작로_쌍쌍식당, 2017, acrylic on canvas, 162.2×130.3cm 　국립현대미술관 소장

몽석리의 가을

몽석리에 가을이 오면
저수지에는 세월을 낚는 강태공들이 모인다.

2주째 낚시터에만 계시는 아저씨가 있었고,
맛있다며 내 입에 회를 억지로 넣어주시는 아저씨도 있었다.

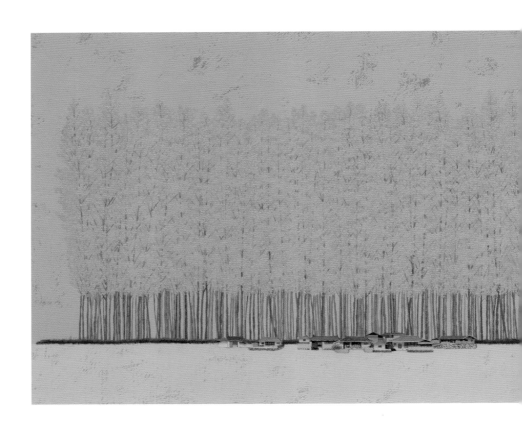

어릴 적에는 이해할 수 없는 일들도

어른이 되고 난 후엔 서로가 다름을 인정해주는 여유가 생겼다.

물고기가 미끼를 쉽게 물어주지 않듯

삶의 지혜도 쉽게 얻어지는 게 아니다.

살아보니 지나온 시간과 경험은 무엇과도 바꿀 수 없는 보물이더라.

몽석리의 가을
2019
acrylic on canvas
40×90cm

양지담-마을

양지담마을 초입에는 커다란 벚꽃나무가 마을을 지키고 있다.

마을 앞 빨래터에서는 오늘도 아지매들의 수다가 시작된다.

바닥에 엉덩이가 붙으면 수다를 떠는 것이
인간의 본능인 듯 아지매들의 입이 바쁘다.
나도 내 본능에 충실하며 아지매들 이야기에 귀를 기울이게 된다.

'경순이 아부지가 술 먹고 경운기를 몰다 논두렁에 처박았네.'
'누구집 아재와 아지매가 바람을 피웠네.'

누군가에게는 묻히고 싶은 비밀스런 이야기가 수두룩한데
아지매들의 귓속말은 나도 들리고, 다른 사람에게도 들리는
요상한 귓속말이다.

'남의 귀 가까이에 입을 대고 소곤거리는 말'이라고 되어 있는
사전적 의미도 저버린
아지매들의 '귀밖엣말'은 내일도 빨래터를 시끄럽게 만들 것 같다.

양지담마을, 2018, charcoal and acrylic on canvas, 162.2×130.3cm

동철이형네 집

동철이형네 감나무의 감이 익어갈 때는
우리의 입이 즐거워지는 시간, 행복한 추억이 만들어지는 시간이다.

감꽃이 떨어지면 실로 엮어 감꽃 목걸이를 만들었고,
타잔이 방영되는 날에는 감나무에서 줄타기를 하며
'아~아아 아~아아~아' 타잔 소리를 냈다.

덜 익은 감이 떨어지면 소금물에 삭혀 꺼내먹곤 했는데
신기하게도 떫은맛은 전혀 느낄 수가 없었다.

지금도 그렇지만 나무에 달려 있는 홍시보다
땅에 떨어져서 익은 감,
잡초 속에 떨어진 감,
장독대에 살포시 내려앉은 감이 더 맛있었다.
돌담 위에 수줍은 듯 발그레 익은 감은 그중에 으뜸이었다.

동철이형네 집
2014
acrylic on canvas
65.1×90.9cm

동록이네 집

2016
oil on canvas
72.7×90.9cm

동록이네 집

동록이네 집 뒤는 산으로 연결되어 있었고,
옆으로는 작은 개울이 흐르고 있었다.
더운 여름이면 개울에 내려가 더위를 식히고 가재를 잡기도 했었다.
가재잡이는 우리에게 쏠쏠한 재미와 맛있는 먹거리를 안겨주었다.

작은 돌을 살짝 들어 올리면 걸음아 날 살려라
잽싸게 도망가는 가재가 나온다.
가재보다 빠른 손놀림으로 덥석 잡아 깡통을 채우기 시작한다.
가재 굴을 발견하는 날은 한 사람이 여러 마리를 먹을 수 있는
운수 좋은 날이다.
배가 '꼬르륵'할 때쯤 나뭇가지를 주워 불을 피우고,
그 위에다 가재를 올린다.
얼마 후 가재는 화가 난 것처럼 빨갛게 익어간다.
뾰족한 부분과 앞다리를 떼어내고 한입에 쏙 넣으면
바삭하고 쫀득한 맛이 일품이다.

지금까지 이런 맛은 없었다.
이것은 가재인가 랍스터인가.

제균이네 집

"제균아~ 제균아~ 놀자~"
임마 이거 어데갔노!

"제균아~ 제균아~ 소주 한잔하자."
임마 이거 와이리 바쁘노!

제균이는 옛날에도 지금도 얼굴 보기가 힘들다.

제균이네 집
2014
acrylic on canvas
64×64cm

생초 진열이네 집

그 시절
많지도 않은 세간인데도 농사일이 바빠 정리정돈을
잘하는 집을 찾는 건 무리수였다.
친구 집도 내 집 같고, 내 집도 친구 집 같던 모양새였으니 말이다.

하지만 진열이네는 달랐다.
와일드한 진열이와는 달리 부드럽고 인자하신 진열이네 어머니는
정리여왕이었다.
진열이 엄마가 미숫가루를 타주신다고 찬장 문을 열면
언뜻 보기에도 한눈에 들어오는 가지런한 모습의 접시와 그릇들은
내 마음을 편안하게 만들어놓았다.

운이 좋게도 나는 진열이 엄마처럼 정리를 잘하는 아내를 만나
주름 없이 놓인 침대 위 이불,
나란히 줄 서있는 서랍 속 양말들,
같은 키대로 꽂혀 있는 책들을 보며
매일을 마음 편안하게 살고 있다.

생초 진열이네 집, 2016, charcoal and acrylic on canvas, 90.9×72.7cm

신작로_현대건재사

어두컴컴한 가게 현대건재사에는 '츤데레' 아저씨가 있다.

토끼장, 닭장, 썰매 만들 때 꼭 들르는 곳이다.

만들기 재료를 사서 나가는 내 뒤꼭지에 대고
아저씨가 한마디 툭 던진다.
"그거 가지고 부족할 낀데."

아저씨 생각이 틀렸다는 표정으로 가게를 나온다.

만들기를 하다 갑자기 자존심이 상한다.

재료가 부족하다. 정말 가게에 다시 가야 한다.

가게에 들른 날 보고 츤데레 아저씨가 흘리듯 말한다.
"그랑께 내가 머라카드노? 진작에 더 마이 사가라켔제?"

그래요. 어른들의 말씀은 항상 옳아요.

신작로_현대건재사, 2017, acrylic on canvas, 162.2×130.3cm

연희네 집

모기장을 치고 방에 누웠다.

엄마와 아버지는 연희네서 복숭아를 사오신단다.

과수원을 했던 연희네 복숭아 맛은
생각만 해도 미소가 지어지는 그런 맛이었다.

오토바이 소리가 나는 걸 보니 엄마와 아버지가 오신 모양이다.

"엄마, 연희 안 자더나?"
"몰라, 우리 보더니 부끄러운지 고개만 까딱하고
방으로 들어가더라."

수줍음이 많던 연희는
얼굴이 복숭아처럼 자주 빨개졌었고,
갈 곳 잃은 시선으로 몸을 배배 꼬기도 잘했었다.

이름처럼 예쁘던 연희의 부끄러움은 누구도 따라가지 못한다.

연희네 집
2019
acrylic on canvas
45x45cm

대초리

대초리에는

순하고 공부 잘하는 김종수도 있었고,
한자 박사 김순민도 있었고,
늘 히죽거리며 웃고 다니던 김보근도 있었고,
터프가이 김순명도 있었고,
축구계의 개발 김종철도 있었다.

그랬다.
기억난다.
대초리는 김씨들이 많이 모여 사는 마을이었다.

대초리
2019
charcoal and acrylic on canvas
80.3×116.8cm

고바우네 집

2014
charcoal and acrylic on canvas
65.1×90.9cm

정대형네
2016
charcoal and acrylic on canvas
60.6×72.7cm

경숙이네 집

유행,
따라하지 않으면 스스로 퇴보하는 불쾌감을 심어주기에
열심히 따랐다.

친구에게 친구의 이름 대신
친구 아버지의 이름으로 불러주는 게 유행이던 때가 있었다.

경숙이는 '갑봉이',
우근이는 '봉석이',
창용이는 '재식이',
상렬이는 '만조',
나는 '증식이'로 불렸다.
우리들의 입을 통해 아버지들의 이름이 여기저기서 불릴 때
죄송하기는커녕 우리는 꽃이 되어 활짝 웃고 있었다.

벼 베기를 하러 경숙이네 갔을 때 일이다.

벼를 베고 새참을 먹느라 낫을 잃어버린 창용이가
경숙이한테 묻는다.

경숙이네 집
2017
acrylic on canvas
53×65.1cm

"갑봉아, 내 낫 어데 있노?"
옆에 있던 경숙이 아버지가 대답한다.
"니 낫 여기 있네."

아고 아재요…
그 갑봉이가 그 갑봉이가 아닌데…

상동이네 집, 2019, charcoal and acrylic on canvas, 72.7×53cm

현숙이네 집

늦가을
현숙이네 밭에서 배추를 뽑는다.

배추 한 포기 남지 않은 넓은 밭이 드러나면 구덩이를 판다.
구덩이에 물을 붓고 친구를 유인해 빠트리면
작전 성공!

물구덩이에 빠져 젖은 생쥐 꼴이 된 친구 모습에
한참을 웃다 보면
내 배꼽도 빠질 기세다.

그날은 밥을 먹다가도 웃고
잠을 자다가도 웃고
웃다가 울기까지 하는
실없는 놈이 된다.

같이 웃자고 써내려간 이야기.
나만 즐거웠던 모양인 이야기.

현숙이네 집
2016
oil on canvas
60.6×72.7cm

안담 동영이네 집

병풍처럼 늘어선 참나무 고개를 돌아가면
씨름 왕 동영이가 사는 안담이 나온다.
면내에서도 가장 청정지역인 안담에 사는 동영이는
순박하고 성실한 친구였다.
동영이의 성실함은 '씨름대회 1등'이라는 이름표로도
충분히 설명이 되었다.

35년 만에 만난 동영이는
핸드폰 카메라로 고향의 모습을 담아내고 있었다.
서울에서 사업을 하다 귀향을 했으며
어마어마한 양의 농사일이 자기의 본업이고
사진을 찍는 일은 취미라고 말해줬다.
짬짬이 고향의 모습을 담아 SNS에 올리면
객지에 나가 있는 친구들이 좋아한다고.
하고 싶은 일을 할 때
비로소 내가 무엇을 좋아하는지 깨닫게 된다고.

동영이가 찍어내는 사진 속의 작은 고향이
감성 풍부한 동영이를 그곳으로 이끌었나 보다.
모래판 위의 씨름 왕 동영이는 감성농부가 되어 있었다.

안담 동생아비 집, 2017, acrylic on canvas, 80×160cm

금대네 집

빠끔이 박금대!

"야!! 너 아직도 벨트 대신 노끈으로 허리 묶고 다니나?"

금대네 집
2018
acrylic on canvas
45×45cm

안금 동용이네

2014
acrylic on canvas
65.1×90.9cm

안금 동용이네

늦은 밤,
동네 아재들이 개울가에 고기를 잡으러 가기 위해
횃불을 만들고 있다.
못쓰는 천을 감고 폐유를 찍어서 횃불을 완성하면
고기잡이가 시작된다.

우리들은 족대와 양동이를, 아재들은 횃불을 들고 출동!
잠자는 물고기는 손으로 잡고, 돌 밑에 있는 물고기는
바위를 들썩거리며 족대로 잡는다.
달이 미녀봉 위에 걸릴 때 즈음 양동이 한가득 물고기가 차있다.

횃불을 들고 흥에 찬 발걸음으로 동네로 가면
아지매들은 갖은 양념으로 얼큰한 매운탕을 뚝딱 만들어낸다.
오늘도 안금 동용이네는 동네잔치로 시끌벅적하다.

내촌댁네

늘 그렇듯 장날에는 볼거리도 살거리도 많다.
장이 서면 맛깔나 보이는 음식보다는 동물이 눈에 들어왔었다.

언젠가 상렬이랑 용돈을 모아 새끼 토끼를 산 적이 있었다.
내 돈 주고 내가 산 귀한 토끼를 아무 곳에나 두고 싶지는 않았다.
마침 내촌댁네 돼지우리가 텅 비어 있다는 소식을 듣고
토끼 5마리를 그곳에 넣어주었다.
그 넓은 돼지우리에 덩치 큰 돼지손님이 한 마리도 없으니
작은 토끼들에겐 그곳이 호텔과도 같았을 것이다.
서둘러 토끼 5마리를 체크인해주고 조식으로는 배춧잎을
주겠노라며 큰소리치고는 집으로 돌아갔다.

다음날 토끼손님 기다리실까 배춧잎을 들고 달려갔는데
띠로리…
토끼는 우리와 작별인사도 안 하고 무지개다리를 건넜다.

그때 알았다.
돼지보다 토끼가 추위에 약하다는 걸.

굿바이, 나의 작은 토끼!

내촌댁네, 2019, charcoal and acrylic on canvas, 72.7×60.6cm

은아네 집

까무잡잡하고 예쁘장한 은아는
시크한 스타일의 소녀였다.

같은 동네 친구였으니
어른들끼리도 친하게 지냈고
은아네 언니와도 가까이 지냈지만
이상하게도 은아와는 친한 것도 아니고 안 친한 것도 아니었다.

은아네가 하는 탁구장에 탁구를 치러 가면
은아가 있는지 없는지부터 확인하는 날 보며
'야 김용일, 니 와그라는데?'라고
스스로에게 질문을 던져보기도 했지만 답은 찾지 못했다.

조은아가 내 맘에 들어온 건 아니었지만
내 감정의 온도가 평소와 달랐던 건 확실하다.

은아네 집, 2018, acrylic on canvas, 162.2×130.3cm

진구형네 집

우리 동네에서 손재주가 제일 좋은 진구형은 못 만드는 게 없었다.
그중에서도 활을 제일 잘 만들었다.
굵은 싸리나무를 잘라 양쪽 끝에 홈을 판 후 나무가 잘 휠 수 있도록
불에 살짝 달구어주고 나일론실을 매어주면
로빈훗도 울고 갈 멋진 활이 탄생된다.
마른 마줄기 끝에 칼집을 내고 그 사이에 못을 넣어
실로 꽁꽁 묶어주면 화살도 완성!

진구형, 만기, 제균이, 나.
전쟁터에 나가는 전사마냥 한쪽 어깨에 활을 매고
호기롭게 동네 호박밭으로 향한다.
뒤늦게 뛰어오는 윤성이형은 활이 없으니 망을 보고
우리는 누렇고 탐스럽게 잘 익은 호박 과녁에 활시위를 당긴다.
'픽!'
"요놈들, 호박에다 무슨 짓이고!"
밭주인 할매가 내 등짝을 후려친다.
따가워 웅크린 내 등짝이 활처럼 구부러진다.
아파할 새가 없다.
"도망가자!"
할매에게 혼날라 얼른 일어난다.

진구형네 집
2015
oil on canvas
53×45.5cm

안담마을

비계산 자락에 자리 잡은 안담마을.

추석날 보름달이 가장 먼저 떠오르고
솔 향이 은은하게 퍼지면
거짓말 조금 보태
천국에 와있는 착각에 빠지게 하는
마법 같은 안담마을.

안담마을, 2018, charcoal and acrylic on canvas, 162.2×130.3cm

가조상회

가조상회 할배는 다리가 하나뿐이다.
6·25전쟁 참전 중에 다리 한쪽을 잃으셨다.

틈만 나면 엄마에게 10원을 얻어내
할배네 가게에 하드를 사먹으러 갔었다.
"용일이 왔나. 돈은 거기 놓고 하드 통에서
하드 하나 꺼내가라." 하신다.
거동이 불편하시니 방문만 살짝 열어놓고 입으로 물건을 파셨다.

세월이 흘러 가조상회는 사라졌고,
할배는 이 세상에 존재하지 않지만
내 기억 속에 온 힘을 다해 자리 잡고 있는 어린 시절의 기억들.

가끔 둘째딸이 이 세상에 집 말고 그릴 것이 너무나도 많은데
왜 하필 집을 그리느냐고 묻는다.
서로 힘이 되며 자라온 시간이,
함께하면 두려울 것이 없었던 용기가,
내가 가는 길이 맞다고 말해주는 사람이,
내 추억이, 내 모든 것이
내가 그리는 집에 있어서라고
아빠는 너에게 말해주고 싶다.

가조상회
2015
oil on canvas
91×116.8cm

창용이네 집
2015
oil on canvas
53×45.5cm

조주사댁
2015
oil on canvas
60.6×72.7cm

언덕 밑에 있던 외갓집.

마당 한편에 서있던 무궁화나무.

시원하게 등목을 하던 우물.

군불 넣으면 나던 장작불 내음.

그냥 한 번씩 생각이 난다.

오늘도 내 맘 한켠에 외할매 얼굴 새겨둔다.

4 장、

우리 외할매 집。

수월리

나는 묵묵히 그림을 그렸고, 수월리는 그 자리에 그렇게 있었다.

수월타, 2019, charcoal and acrylic on canvas, 112.1×162.2cm

성구형네 집

경상남도 거창군과 합천군에 걸쳐 있는 비계산.

'비계산'이라는 이름만 들어도 느끼하다고 말하는 큰딸아,
비계산은 돼지비계의 비계가 아니라
산세가 마치 닭이 날개를 벌리고 날아가는 것처럼 보여
비계산이라고 부른단다.

아빠 어릴 때
성구형, 선기형이랑 비계산에 나무도 하러 갔었고
올무에 걸린 토끼 보러 뛰어가다
고무신을 잃어버려 울기도 했었고,
잡은 토끼를 팔아서 핫도그도 사먹었단다.

아빠 이야기 들으면 너는 분명
"아빠 조선시대 사람이야?" 하고 이 아빠를 놀릴 테지만
네가 친구들과 버블티 먹으러 가는 것만큼
아빠에겐 신나는 일이었다.

세대 차이 난다고 말하지 말아줄래?
내 입에도 버블티 맛나더라!

성구형네 집
2018
acrylic on canvas
97×162.2cm

숭실다방

추석 무렵,
학교 앞 점빵으로 달려가 콩알탄과 미니 폭죽을 산다.
우리는 다방 문을 '확' 열어젖혀 콩알탄과 미니폭죽을 던지고는
냅다 도망간다.

다방 주인 아지매가 뒷통수에다 소리친다.

"현대식당 아들래미, 가동식당 아들래미, 이노무시키들!!!
너거 아부지한테 다 일러 바친다이~"

"제균아! 우리 우짜노? 아부지한테 맞아 죽었다."

숭실다방, 2018, acrylic on canvas, 45×45cm

창림이네 방앗간

여름이 좋다.
예전에도 지금도.
어릴 적 기억을 더듬어보면
시원한 바람이 불어오고 시끌벅적하던 시장통이 조용해지는
해질녘 6~8시 사이를 가장 좋아했던 것 같다.

어둠이 조금씩 내리기 시작하면
창림이네 방앗간에 살고 있는 박쥐를 잡기 위해
동네 아이들은 매미채를 하나씩 들고 방앗간 앞으로 모였다.
벌어진 나무 벽 사이로 박쥐들이 나오고
우리들의 모든 촉각은 박쥐에게 향해 있었다.
겁 없이 맨손으로 박쥐를 만지는 형들이 멋있었고,
구경나온 여자애들에게 박쥐를 던지는 시늉을 하며
짓궂게 놀려대는 형들이 좋았다.

나에게 그때의 일들은 어느 유명한 노래 가사처럼
한 편의 아름다운 추억이 되었다.

창림이네 방앗간
2014
acrylic on canvas
65.1×90.9cm

홍이네 집

2019
charcoal and acrylic on canvas
112.1×162.2cm

홍이네 집

하굣길에 밀밭을 보면 그냥 지나칠 수 없었다.
밭주인 몰래 밀을 한 움큼 꺾어 눈썹이 휘날리도록 홍이네로 뛴다.
홍이네 부뚜막은 우리만의 밀 껌을 만드는 공장으로 사용되었다.

밀을 살짝 구운 다음 손으로 비비면
껍질이 벗겨지면서 탱탱한 밀알이 나오고
밀을 한입에 털어 넣고 꼭꼭 씹으면 껌처럼 쫀득해진다.
밀 껌의 생산과정은 생각보다 간단하다.

그러나
달콤한 향 없어요.
예쁜 포장지도 없고요.
커다란 풍선이 불어질 리가 있나요.
혹시나 자일리톨처럼 충치가 예방되는지 궁금해 마세요.
그럴 리 없잖아요.

그래도
우리는 맛있게 씹었다.
턱이 빠지도록.

중현이네 집

순한 동생 중현이.
순하지 않은 중현이네 개 '도꾸'.

중현이는 우리집에서 공부를 하면 성적이 쑥쑥 오른다고
자주 왔지만
나는 도꾸 때문에 중현이네 집엔 가지도 못했다.

'이빨 뽑기 달인' 중현이 아빠에게 큰맘 먹고 이를 뽑으러 가면
사나운 도꾸에게 물릴 뻔해 마음의 상처만 한가득 안고 돌아왔다.

이름도 어째 그렇게 잘 지었는지
도꾸는 정말 내 화를 도꾼다.

중현이네 집
2015
oil on canvas
60.6×72.7cm

샛담마을

면내에서도 가장 동쪽 끝자락에 위치한 샛담마을.

몇 가구 살지 않던 작은 동네.

몇 백 년 묵은 느티나무,

그 옆엔 작은 계곡,

그윽한 소나무 향,

봄에는 쑥과 냉이, 달래가 지천인,

하루 종일 햇살이 눈부시게 빛나던,

그때도 알았고

지금도 아는

아름다운 샛담마을.

샛담마을, 2017, oil on canvas, 55×116.8cm

도산 종석이네 집

우리 집에서 외갓집까지는 걸어서 50분 정도가 걸렸다.
마을 초입에 다다르면 소나무 내음이 나를 먼저 반겨주었다.
그리고 몇 발짝 걸음을 옮기기도 전에
"마상리 현대식당 용일이 왔나?"
도산댁 할머니의 목소리가 또 한 번 나를 반겨주었다.

종석이네 집 뒤에는 커다란 소나무들이 서 있었고,
조그만 자투리 공간도 있었다.
종석이, 배성이, 용범이, 영필이.
우리는 종종 그곳에서 야구를 했었다.
가죽 글러브 대신 비료포대를 접어서 만든 글러브,
야구공 대신 털 빠진 테니스공,
야구방망이 대신 소나무를 깎아 만든 방망이,
어설픈 야구장비로도 우리는 충분히 멋진 야구선수가 되었다.

지저귀는 새들의 노랫소리는 응원가였고,
솔내음 가득 안고 불어오는 바람은 사이다처럼 청량했다.

도산 종석이네 집
2016
charcoal and acrylic on canvas
91×116.8cm

재욱이네 집

2017
acrylic on canvas
97×162.2cm

재욱이네 집

중마 2구에 사는 재욱이는 착하고 셈을 잘하는 친구였다.
워낙 조용한 성격이라 한 번씩 재욱이를 놀리기도 했었다.
그런 재욱이가 세상 멋져 보일 때는
재욱이 아빠가 외국 갔다 사온 외제필통을 들고 왔을 때다.

주아네 집

기억은
사라지는 것이 아니라 남는 것.
행복한 기억이 그 안에 있었다.

주야네 집I, 2018, charcoal and acrylic on canvas, 72.7×60.6cm

영진이네 집
2018
acrylic on canvas
45×45cm

정실댁네
2018
acrylic on canvas
45×45cm

만기네 광

만기네 광에서는 숨바꼭질이 한창이다.
제균이는 마늘 뒤에 숨어 있고,
용진이형은 뒷마당 경운기 뒤에 숨고,
마른 윤성이형은 나무 뒤에 숨고,
동철이형은 몰래 집에 갔다.
밥 묵으러…

만기네 광
2017
acrylic on canvas
60.6×72.7cm

신작로_첫 번째 이야기

먼지가 풀풀 날리는 신작로에는 미루나무가 줄지어 서 있다.
뜨거운 한 여름 더위를 식혀주는 한줄기 바람이 불어오면
미루나무 잎은 물고기 비늘처럼 반짝인다.

한낮의 열기가 신작로를 덮을 때 즈음
수영복 대신 늘어진 삼각팬티를 바지 속에 입고
빨갛게 익은 자두와 복숭아를 준비해 우리의 워터파크로 향한다.

너 나 할 것 없이 웃통을 벗고
자두와 복숭아를 물속에 던진 후 다이빙을 한다.
물놀이 후 허기진 배는 물 위에 둥둥 떠다니는
자두와 복숭아로 채우고,
추운 몸은 따뜻한 바위에서 녹인다.

젖은 팬티를 꼭 짜서 입어도
바지 위로 선명하게 나타나는 팬티 자국은
서로의 놀림거리가 되었고,
까맣게 그을려 벗겨진 등은 우리의 멋진 훈장이 되었다.

신작로_첫 번째 이야기, 2017, acrylic on canvas, 162.2×130.3cm

경환이네 집

내가 태어나고 자란 마상리는 면사무소를 기준으로
아랫동네와 윗동네로 나뉜다.
초등학교 입학 전까지는 아랫동네에 살았고
옆집 경환이와 제일 친했다.

왜소하고 약했던 나는 덩치 큰 경환이에게 늘 맞았던 기억,
화해하고 싸우기를 반복하며 지냈던 기억이 난다.

누군가에게 전해 듣기를 지금 경환이가 많이 아프단다.
고단한 순간을 이겨내고 경환이가 빨리 일어났으면 좋겠다.

"야, 경환아! 나도 이제 덩치 크고 힘세다! 툭툭 털고 일라라!
이제 내 차례다."

경환이네 집
2017
oil on canvas
60.6×72.7cm

기와골집

메밀밭이 있던 기와골 할매집 옆에는
샘물이 솟아나는 맑은 웅덩이가 있었다.
웅덩이에는 미꾸라지, 메기, 버들치가 살고 있었다.

용진이형네 거름창고에서 지렁이를 잡아와 미끼를 만든다.
미끼 무는 모습이 다 보일 정도의 맑은 물을 들여다보는 재미는
낚시를 하는 재미와 다를 바가 없었다.

어떤 날은 지렁이가 좋다고,
어떤 날은 밥풀이 좋다고,
우리의 마음을 낚는 버들치.

내일은 꼭 우리가 버들치를 낚아야지!

기와골집, 2019, charcoal and acrylic on canvas, 162.2×130.3cm

원규네 집

원규네는 농기계를 고쳐주는 공업사를 했다.
원규 아버지는 못 만드는 게 없었다.
특히 아재가 만든 원규의 썰매는 람보르기니였다.

우리의 썰매 날이 굵은 철사였다면
원규의 썰매 날은 'ㄱ'자 모양의 각진 철재 날이었고,
우리의 스틱이 아카시아 나무에 대못을 꽂아 만든 거였다면
원규의 스틱은 쇠막대와 둥근 쇠파이프를 용접해 세련미가 넘쳤다.

"원규야, 니꺼 한 번만 타보자."
"안 되는데…"
"나중에 미미분식 가서 핫도그 한 개 사주께."
"알았다. 그라믄 딱 10분만 타라이."

스틱을 잡는 순간 이거다 싶다.
썰매에 앉았을 때 느껴지는 안정감,
썰매가 달릴 때의 그 묵직함.

'역시 썰매는 람보르기니다.'

원규네 집, 2014, acrylic on canvas, 32×32cm

화신당 약방

2015
oil on canvas
60.6×72.7cm

화신당 약방

숙기가 없었던 나는 엄마의 심부름이 늘 곤혹이었다.
어른들이 건네는 안부의 말들은 심부름보다 더 힘들었다.

"아버지 잘 계시제?"
"네…에…" 부끄러워 대답도 기어들어간다.
"오늘은 어데가 아파서 왔노?"
"예… 제가 놀다가 발에 가시가 박혀서요…"
"아이고 우짜노, 마이 아팠겠네."
"쫌요…"

깨를 베고 난 밭에서 뛰어놀다 가시가 박혔는데
바로 빼지 않은 채로 며칠이 지나 곪아 있었다.
약방 선생님은 핀셋으로 상처를 벌리고 박혀 있던 가시를 빼주셨다.
"용일아! 아프면 참지 말고 바로 약방으로 와야 된데이~"
호랑이 같던 약방 선생님의 다정한 말투가 어색해
살며시 얼굴을 들었다가
눈이라도 마주치면 어쩌나 얼른 고개를 숙였다.

그때는 몰랐다.
약방 선생님은 달콤한 달고나 같은 분이셨다는 것을.

뒷집 또선이네

9월 중순에서 10월 초까지는 간식거리가 지천이다.
특히나 땅속 깊이 숨어 있어 미처 호미에 닿지도 못한 고구마는
아주 좋은 간식거리가 되었다.

둥근 삽 위에 힘껏 올라타 땅속 깊이 넣은 뒤
꽂힌 삽을 뒤로 젖히면서
밭을 헤집으면 '쩌억' 하는 소리와 함께 고구마가 올라온다.
고구마를 발견하는 순간엔 숨겨둔 보물을 찾은 것마냥 신이 난다.
운이 좋은 날에는 세숫대야에 고구마가 한가득 채워진다.

불을 제일 잘 피우는 진구형이 대기를 하고 있으면
우리는 일사불란하게 나뭇가지를 주워 모은다.
실패 없이 단번에 불을 붙인 '불의 사나이' 진구형 곁에서
익어가는 고구마를 보고 있는 우리의 눈빛은
이글이글 타오르는 불길만큼이나 강렬했다.

뒷집 또선이네
2014
acrylic on canvas
64×64cm

한 개라도 더 먹기 위해서는 뜨거운 고구마를
들고 있는 일도 참아내야 했고,
새까만 숯칠을 한 얼굴도 닦아낼 여유가 없었다.
우리는 꽤나 비장해 보이기까지 했다.

뜨거운 손도, 까만 얼굴도 포기한 우리보다
한 수 위인 먹성 좋은 도선이는
입천장을 포기하고 오늘도 고구마를 제일 많이 먹었다.
뭐니 뭐니 해도 빨리 먹는 놈이 장땡인가보다.

용전리, 2019, charcoal and acrylic on canvas, 116.8×91cm

영환이네 집

8월 15일 광복절에는 마을 대항전 축구대회가 열린다.

중학교 진입로 양쪽으로 먹거리 노점상이 즐비하다.
풀빵, 뻥튀기, 솜사탕, 포도…
없는 거 빼고 다 있는 메뉴 중에
내가 제일 좋아하는 포도 한 송이 사들고 축구경기를 관전한다.

"이야~ 77번 선수 누고?"
"학이네 행님 아이가?"
"그래서 학이도 공을 잘 차는갑다."
"근데 배 안 고프나?"
"밥 묵으러 가자."
축구 해설치고는 지극히 사적인 이야기가 많이 들어갔지만
나름 자연스런 해설이었다고 만족하며
점심으로 국수를 먹으러 간다.

시장통에 있는 국수집 중에 최고의 맛을 자랑하는
영환이네 잔치국수는
백종원 아저씨도 극찬할 맛이었다.

영환이네 집 I
2019
charcoal and acrylic on canvas
65.1×90.9cm

기정이네 집

기정이네 운동구점은 우리의 마음을 강타한 멀티숍이었다.

운동회 때 사용할 곤봉을 파는 곳.
축구공에 바람 넣어주는 곳.
버들치 잡는 낚시용품 파는 곳.
야치기(밤에 물고기 잡는 것) 할 때 필요한 족대 파는 곳.

하루에 열댓 번은 더 가고 싶었던 그 보물창고 같은 곳엔
짧은 스포츠머리에 무뚝뚝한 성격을 지닌 기정이 아버지가 계셨다.
그래서 바람 빠진 공을 들고 가는 게 조심스러웠고,
쇼핑하기가 불편했다.

아저씨의 인기척엔 덜컥 겁이 나기도 했었는데
지금 생각해보면 그 인기척은 우리에게 한 발짝 다가오기 위한
아저씨의 마음이었나보다.

기정이네 집, 2018, acrylic on canvas, 72.7×53cm

미양이네 집

오늘은 어린이날이다.
고개 너머 해인농장으로 소풍을 간다.

미양이네, 해영이네, 우리집 식구들이
미양이네 마당으로 다 모였다.

미양이네 집
2018
acrylic on canvas
55×116.8cm

자동차가 귀했던 시절이니 오토바이가 유일한 교통수단이었다.
오토바이에 어린 우리를 태우고 해인농장으로 달린다.

어느 집이든 비슷한 풍경이겠지만
아지매들은 쉴 자리를 만들고,
아재들은 또랑을 막기 시작한다.

"용일이하고 중현이는 돌 좀 주워 오이라."
"예, 갖고 왔는데예?"
"고따다 놔라."

돌로 도랑을 막고 비닐을 가져다 돌 위를 감싼다.
물길을 한쪽 옆으로 돌려놓으면 맨손으로
물고기를 잡기가 편해진다.

"아부지, 나 중태(버들치) 잡았다."
"아따, 우리 아들내미 맨손으로 고기도 잡고 다 컸다."

자연이 내어주는 넉넉함으로
우리의 어린이날은 즐거움과 행복함이 충만했다.

명순이네 집앞, 2019, charcoal and acrylic on canvas, 90.9×72.7cm

진주댁네
2016
oil on canvas
72.7×90.9cm

상열이네 방앗간
2016
oil on canvas
60.6×72.7cm

우리 외할매 집

외할매,
우리 외할매.
그냥 '짠'하다.
그냥 보고 싶다.

쪽진 하얀 머리 하시고 마루에 앉아 피우시던 곰방대.
자그마한 몸으로 비계 넣고 끓여주시던 돼지국밥.
그냥 한 번씩 생각이 난다.

언덕 밑에 있던 외갓집.
마당 한편에 서있던 무궁화나무.
시원하게 등목을 하던 우물.
군불 넣으면 나던 장작불 내음.
그냥 한 번씩 생각이 난다.

오늘도
내 맘 한 켠에
외할매 얼굴
새겨둔다.

우리 외할매 집, 2016, oil on canvas, 90.9×72.7cm

■ 독자 여러분의 소중한 원고를 기다립니다 ──────────────

메이트북스는 독자 여러분의 소중한 원고를 기다리고 있습니다. 집필을 끝냈거나 집필중인 원고가 있으신 분은 khg0109@hanmail.net으로 원고의 간단한 기획의도와 개요, 연락처 등과 함께 보내주시면 최대한 빨리 검토한 후에 연락드리겠습니다. 머뭇거리지 마시고 언제라도 메이트북스의 문을 두드리시면 반갑게 맞이하겠습니다.

■ 메이트북스 SNS는 보물창고입니다 ──────────────

메이트북스 홈페이지 www.matebooks.co.kr

책에 대한 칼럼 및 신간정보, 베스트셀러 및 스테디셀러 정보뿐만 아니라 저자의 인터뷰 및 책 소개 동영상을 보실 수 있습니다.

메이트북스 유튜브 bit.ly/2qXrcUb

활발하게 업로드되는 저자의 인터뷰, 책 소개 동영상을 통해 책에서는 접할 수 없었던 입체적인 정보들을 경험하실 수 있습니다.

메이트북스 블로그 blog.naver.com/1n1media

1분 전문가 칼럼, 화제의 책, 화제의 동영상 등 독자 여러분을 위해 다양한 콘텐츠를 매일 올리고 있습니다.

메이트북스 네이버 포스트 post.naver.com/1n1media

도서 내용을 재구성해 만든 블로그형, 카드뉴스형 포스트를 통해 유익하고 통찰력 있는 정보들을 경험하실 수 있습니다.

STEP 1. 네이버 검색창 옆의 카메라 모양 아이콘을 누르세요.　　STEP 2. 스마트렌즈를 통해 각 QR코드를 스캔하시면 됩니다.
STEP 3. 팝업창을 누르시면 메이트북스의 SNS가 나옵니다.